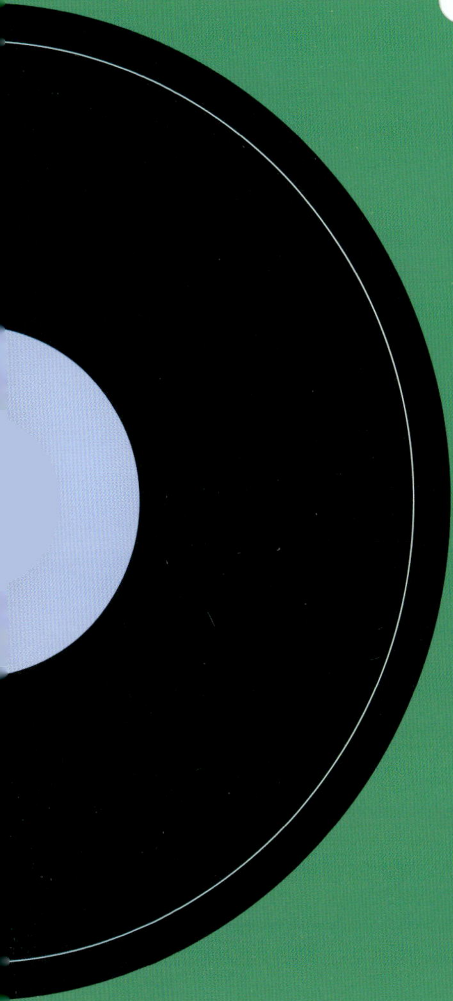

小　星　球

刘文强 _著

LITTLE
PLANET

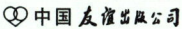
中国友谊出版公司

Contents

我在人间收集九千个日出 —— Part 01

第一辑

- 003 爱你
- 006 你的名字
- 009 中心
- 011 浪漫本身
- 012 温柔万物
- 014 你
- 017 如你
- 019 满意
- 020 两样
- 022 人分两类
- 025 荒野
- 027 藏头诗
- 029 温柔坠落
- 030 天外来物
- 032 偏爱
- 035 给你
- 036 妨碍
- 039 脾气
- 041 救赎
- 042 少年的心动
- 045 抱歉
- 046 偏离
- 049 而已
- 051 下凡
- 052 风尘仆仆

054	爱是用1除3	
057	盛开	
058	你归我	
061	喜欢你	
062	恩赐	
064	星星喝醉了	
067	银河永不坠	
068	相遇	
071	思念成河	
073	心上	
074	一眼	
076	按时打烊	
079	出现	
081	光年	

083	小小星球	
084	捕梦网	
087	诞生	
089	银河	
091	沉沦	
093	闪耀	
094	神明	
097	星河	
098	偷听	
101	月牙儿	
102	晚安	
104	与你	
106	余生	

我沿着星河，捡到你
遗落在月亮旁的浪漫

———— Part 02

第二辑

- 117 海边
- 119 小屋
- 120 最浪漫的小老头儿
- 122 春
- 126 夏
- 128 秋
- 131 冬
- 134 天性
- 136 点滴
- 139 期待
- 140 理由
- 143 夏日愿望清单
- 144 结果
- 146 未来
- 149 依附
- 150 简单过活
- 152 两个夏天
- 154 心动
- 156 热爱
- 158 鸡毛与蒜皮
- 163 概率
- 164 争吵
- 167 委屈
- 171 底气

爱你，如与星辰同轨 —— Part 03

第三辑

- 183 出摊日记一
- 186 出摊日记二
- 190 碎碎念念
- 193 四季
- 197 八百
- 205 鸡蛋面
- 212 身体里的另一个我
- 221 灵兽
- 226 我为卿生
- 232 外婆

第 一 辑

Part 01

我在人间收集

九千个日出

Part
01

-

002

Little
Planet

爱你

爱这个季节的黄昏与日落,

爱这个世界的琐碎与浪漫。

爱　　　你　　　。

Part
01

-

004

Little
Planet

—

005

你的名字

Part
01

-

006

就是……

每当有人要我描绘——
清晨与黄昏、
山海与林间、
浪漫与热爱,
我都能在心里默念一次你的名字,

Little
Planet

–

007

然 后 再 爱 上 你 一 遍 。

Part
01

-

008

Little
Planet

中
心

像银河嚼碎黄昏、落日与碎云

散 落 一 片,

你掉落在宇宙中心,

成为我全部的浪漫意义。

Part
01

-

010

浪漫本身

Little
Planet

吹过落日海边温柔的风，

心动像黄昏教堂晚钟，

因为遇见你，

每一秒都有浪漫意义。

温柔万物

Part
01

你是踩过
树杈温柔的风,
是盛夏傍晚的
一股清凉,
是落日弥漫的颜色,
是散落在天际的星辰,
世间温柔万物,
皆是你的化身。

Little
Planet

—

013

你

◯

不一定非要是花,
天上柔软飘浮的云、
海上透亮散落的星,
都是你。

Little
Planet

—

015

我爱这世间温柔万物,
如晚霞清风,
如山川湖海,

再

如

你

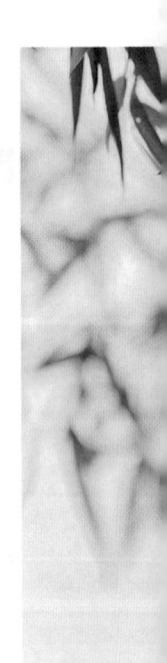

如你

Part
01

—

018

满意

我对这个世界已经
很满意了，

有落日，
有星辰，
还有你。

两样

Part 01

在去见你的路上遇见落日,
这样全世界美好的事物里面,
我就同时拥有了两样。

Little
Planet

—

021

人 分 两 类

Part 01

人分两类,

是你　和　不是你。

日子分两种,

见你　和　想见你。

Little
Planet

—

023

Part
01

-

024

荒野

Little Planet

我的爱在贫瘠的荒野里长大。

只有我自己知道,

那里有一天会玫瑰满地、麋鹿成群,

而彼时经过的每一缕风,

都是我爱过你最浪漫的证明。

Part
01

—

026

Little Planet

藏头诗

我今天也拍了晚霞,
很好看,
想着发给你看,
你会不会觉得我又是在说废话,
啊……
没发现这是首藏头诗吗?

Part
01

-

028

温柔

Little
Planet

坠

落

像太阳下山,

月和电线杆上的灯微微地发亮,

我对你的喜欢,

是一种温柔的

坠

落

天外来物

Part 01

只当是银河坠落、

万千星辰造访人间,

你和我的

相遇,

是天赐的

礼物。

Little
Planet

–

031

偏 爱

你是说她吗?

她是盛夏心动,

是西瓜味的风,

是橘粉色的晚霞,

是神明 偏 爱,

是我的特殊优待。

Part 01

Little
Planet

给
你

那些我收集的，

明暗、闪烁的光亮，

混着独一份的心动和偏爱，

我谁都不给，

就　　给　　你　　。

妨碍

Part 01

她脾气也会不好,
有时候还丢三落四,
不成熟得像个孩子,

但 这 些 一 点 也 不 妨 碍 我
继　　续　　爱　　她　　。

Little
Planet

–

037

Part 01

-

038

脾气

我脾气不好，

　　　　　更不爱社交，

但看到路边有人卖花，

　　　　　还是想要买来给你。

Part 01

040

救赎

像光驱散黑暗、

神明降临人间,

你出现在我的世界,

成为我永恒的救赎。

少年的心动

神说要有光,少年的心动要有根据,
于是作为神明产物,
你从星辰来,
成为我额外的眷顾。

Part 01

Little
Planet

–

043

Part
01
-

044

有两件事情
要和你说声抱歉：
一件是对你
太过热烈的喜欢，
另一件是
我不打算把它收回。

Little Planet

045

抱

歉

偏离

地铁有归途,
飞机有航道,
万物皆有轨迹,
像我偏向你。

风把思念吹向你，
我贪恋的人间，
不过是你而已。

而已

猫咪在落叶里打滚儿,
晚霞铺满天空,

Part 01

—

050

下 凡

Little Planet

051

想　必　你　呀　,
是 天 仙 下 凡 来 的,
否则这明亮又轻柔的暮色,
为何偏偏只洒在了你的眼睛里。

风尘仆仆

Part
01

-

052

只有足够干净明亮的人,
才值得我一路狂奔。
所以你知道了吗,
为什么只有你能见到我的风尘仆仆。

Little
Planet

–

053

爱是用1除3

Part 01

地面会脏,

但天空永远纯净,

就像我会遇见很多人,

但我永远爱你。

Part
01

—

056

盛开

Little Planet

我途经一场花的盛开,

想把它们拍给你看。

我拍给你看,

不是为了称赞花很好看,

而是想要告诉你,

它们盛开的程度,

远不及你。

Part
01

—

058

你归 　　我

. . . . . .

Little
Planet

说好了，

世界归你，

花 归 你，

我一口袋的心思跟悸动都归你，

你 归 我。

Part 01

-

060

喜欢你

Little Planet

仍然有从泥泞里开出的温柔的花,

有樱花落了一地的春天

和

明晃晃的夏天,

我喜欢这个世界,

但 更 喜 欢 你 。

恩赐

星星是银河递给月亮的情书,

你是世界予我的莫大恩赐。

星星喝醉了

星星喝醉了,

掉进无人的海。

我喝醉了,

坠入有你的爱河。

Little Planet

银河
永不坠

星星跟月亮有一天会撞昏头,
但我对你的喜欢呀,
会和银河一样久。

相遇

Part 01

星星会暗,
月亮会有找不到踪迹的时候,

即使没有遇见在银河,
和你相遇　本身就很浪漫了。

Little
Planet

–

069

Part
01

–

070

思念成河

每想你一次,

我院子里的星星便多一颗,

如今,

那些零星的欢喜,

竟已凑成了　　银河。

心 上

即使有一天我的周遭全部破旧褪色,

也依旧有你这颗星,

浪漫纯粹地闪烁在我

心

上

Part 01 — 074

一眼

Little
Planet

—

075

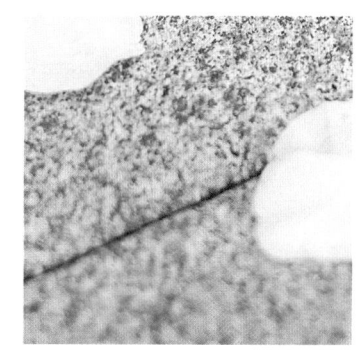

你 能 让 月 色 温 柔,
让 流 星 闪 烁,
你 眨 一 眨 眼 睛,
便 能 让 银 河 坠 落。

按时打烊

遇见你之后,
我就愈发贪懒了。
每日啊,
只盼着银河早早打烊,
带着晚归的星星跟月亮,
全都栖进你眼睛里。

Little
Planet

–

077

月亮原本是第一温柔的存在，
你出现了，
它便排第二了。

出现

像是飘浮在宇宙中的行星,
最终被银河牵引,
只要终点是你,
跨越再多光年我也愿意。

Little
Planet

—

081

光年

小 小 星 球

Little Planet

在我的这颗小小星球里面,

你就是温柔与璀璨,

即使旁的宇宙再浪漫,

我也终生不换。

捕梦网

Part
01

想驾着小小飞船,
捡拾宇宙中细碎的星光,
在每一个温柔的夜晚,
拼凑成月亮的捕梦网,
挂到你的床头。

Little
Planet

–

085

Part 01

宇宙与你相撞,满天的星月抖落三分,你怀里的温柔抖落三分,银河由此诞生。

诞
生

Little
Planet

-

087

Part 01

—

088

Little Planet

银河

上帝把银河揉碎，

一片 化作 星光， 一片 化作 月亮，

剩余的全部掉进我的梦里，

化作了
你。

Part
01

-

090

沉沦

晚风轻踩云朵,

月亮贩售快乐,

你从银河背后靠近我,

我与星辉一同为你沉沦。

Part 01

-

092

闪耀

—

和你的相遇,

怎么说呢……

就像是一颗耀眼的星星,

闪 耀 了 一 片 荒 芜 的 宇 宙 之 路

○

神明

能够同时拥有可爱和温柔,

把黑夜点亮的人都是神明,

所以

你是 神明。

Little
Planet

—

095

Part 01

星 河

Little Planet

想用每日的温柔

和

月亮换取一束光,

好将它们化作星河万顷赠予你。

偷
听

闪电是星星在眨眼睛,

我对你说情话,

月亮和它在偷听,

忽然被我的真心感动得

忽闪忽闪。

Part 01

—

100

Little
Planet

—

101

月
牙
儿

像晚风轻轻吹动月牙儿，

你悄悄撼动我 的 心。

晚安

Part 01

想等繁星取代落日,

皓月坠入夜空,

托微风和黎明,

替我捎上一句"晚安"交于你。

Little Planet

—

103

与你

要在卧室放个投影仪,

在阳台上放喜欢的花,

攒点蛋糕和冰淇淋,

把普通的日子过得浪漫些,

我的意思是,与你。

Little
Planet

—

105

Part 01

余生

想夏天带你看海,
秋天一起数落叶,
在华灯初上的傍晚看星星眨眼,
和你一起,
余生如何度过我都觉得浪漫。

Little Planet

—

107

Part
01

-

108

Little
Planet

—

Part 01

-

110

Little
Planet

—

111

Part 01

—

112

Little
Planet

—

113

第 二 辑

Part 02

我沿着星河,

捡到你遗落在

月亮旁的浪漫

Part 02

Little Planet

海边

我不止一次在想——

我们要不要在海边建个小屋子,

屋子里养一只可爱的猫,买温暖的壁橱,

贴米白色的墙纸,

书架上摆我喜欢的书,冰箱里放你爱吃的果酱,

摘星辰追明月,等日落与月升。

Part 02

118

小屋

在近海建一个小屋子,

把墙壁刷成奶白色,

把冰箱装满自己爱喝的牛奶,

桌子和床边随意放上几本书,

书旁边摆上自己最喜欢的画。

等哪天一觉醒来,发现是个晴天,

傍晚一到,阳光斜照进屋子里,

换上白色的卫衣和干净的鞋子,

去海边吹温柔的海风,

再站远些,看星星挨个掉在海面上。

最浪漫的小老头儿

Part 02

我真的太希望能在海边有个小屋子了。

那样的话,

等风起的时候,

我可以拿本书,

在长椅上晒太阳。

我可以去种喜欢的花,

可以买自己喜欢的三明治,

可以一个故事反复读几天,

可以慢慢看不清文字……

    我的心一直是柔软的,

   所以即使日后我满头白发,

  也一定是大海见过最浪漫的小老头儿。

春

Part
02

气温终于回升到令人舒适的温度。

阳光从云层里散出来,

一片打到树杈,

另一片打到路人脸上,

树叶间闪闪发光。

树下的人褪下厚厚的棉袄,

换上柔软的卫衣,

柔软的风从阳台外慢悠悠钻进来,

屋子里洗衣机呀呀作响,

衣服晾在衣架上留下好闻的味道。

所有美好的事物都值得期待,

春天是,

你也是。

Part 02

Little Planet

125

夏

Part
02

—

126

真的好想过初夏啊。

想在夕阳还没完全落下去的傍晚,

穿上短裤和拖鞋出门,

去街角的超市里买一支冰棒和一罐汽水,

溜达着去附近的海边。

等月亮和星星都悄悄露出脸的时候,

坐到没有人的地方,

把烦恼和不快乐的事情一大口喝进肚子里,

然后拍拍屁股去逗邻居家的猫。

秋

秋天是很好的季节。

走在路上,

风吹过来是凉的,

地铁上没有很浓的汗臭味儿,

穿衬衫或卫衣都不会很奇怪。

    街角会多出来很多小吃摊,

    傍晚会多出来很多散步的情侣。

    夜会慢慢变长,

    世界会慢慢变温柔。

或许某个时刻,

有片可爱的枫叶落到你的肩上,

那便是那个将要与你在冬日里白头的人,

提前在给你见面礼。

冬

冬天真的很适合谈恋爱吧。

早上一起出门,

裹着暖和的羽绒服,

戴上一模一样的围巾,

外面下着小雪,

你们撑同一把伞,

去街角买上两杯热豆浆、一个鸡蛋或卷饼。

到了中午,

你们一起去公司楼下的火锅店吃热乎的火锅,

外面温度很低,

他哈一口气,

逗你:"看,大雾弥漫!"

晚上下了班,

你们乘同一班地铁回家,

大家都穿着厚厚的衣裳,

车厢里很挤,

你趁势躲进他怀里,

靠近他心脏的地方,

那儿比空调屋子暖和,

除了他自己,

那里还住着你。

路上恰好碰见红薯大叔支的小摊,

你们要上一个烤红薯,

一人一口地走回家。

到了家,

烧上一壶热水,

去掉厚重的棉服,

换上绵软的拖鞋,

做热气腾腾的晚饭,

再窝进沙发里看昨天还未看完的电影。

外面依旧雪白,

天空仍在肆意撒着欢,

但那又有什么要紧呢?

反正明天的清晨一来,

他还会温柔地叫你起床,

然后微笑着对你说:

"走吧,同淋雪,共白头。"

天性

如果你在一个大阳光的下午仔细观察过

这个冬天,

你就会发现,

平日里左蹿右跳的猫此刻正懒洋洋地

躺在红砖地上,

树杈里会钻出来些许零散耀眼的光。

风吹过脸颊,

是暖洋洋不至于让人打寒噤的温度,

原本是用来靠近温暖和热烈的季节里,

我走向你,

只是遵从天性而已。

Little
Planet

—

135

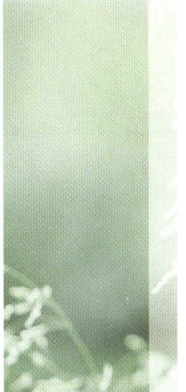

点 滴

夏末秋初凉爽的风吹在脸上,

高大的枫树底下,

猫咪蜷缩着尾巴,

每打一次哈欠,

枫叶便掉落一片。

远处的烤箱散发出诱人的面包香气,

人们不慌不忙地迎接华灯初上的傍晚。

生活点滴温暖和可爱,

都值得你前进。

Part
02

-

138

期 待

总归是因为会有美好的事情发生，

人们才会特别期待某个日子的降临。

比如每个可以休息的周末，

比如冬季悄悄来临的初雪，

比如一年一次的生日，

比如——约好跟你见面的那天。

理由

对秋天的喜欢来源于：傍晚不燥、不凉的风；可以穿好看的西装跟舒服的卫衣；多起来的、躺在附近街道的流浪猫们；那个有糖葫芦和烤红薯的季节渐渐临近。

Little
Planet

—

141

Part 02

夏日愿望清单

☐ 尝一口西瓜最中间的部分；

☐ 追一场海边落日；

☐ 吃一顿露天烧烤（汽水要加冰）；

☐ 多看看星星和月亮；

☐ 和你。

结果

队排得再久,

排到的那一刻都会开心。

快递再慢,

短信来的时候还是迫不及待。

加班再晚,

第二天只要是周末就能够坚持。

等的时间再久,

只要最后是你,

都不会觉得虚度光阴。

道理是相通的。

只要结果是好的,

过程怎样都无所谓。

未来

开一间不是很大的书店,

店里的装修都要自己来,

要铺上地毯,

进门的地方要有野菊花,

要在最显眼的位置摆上自己写的故事集。

天亮时开门,

傍晚时休息。

还要养上一只白色的猫,

把它喂得肥肥胖胖,

有人时工作,

无人时逗它,

白天看人间烟火,

晚上写世间百态。

这样的未来,

才值得我日复一日地期待。

Little Planet

—

147

Part
02

—

148

依 附

我总是习惯于把将要做的事情依附到一些美好的事物上面。
比如,
天晴的时候我才会去理发,
有微风的舒服的傍晚我才想起要去跑步,
去摄影也总是习惯在夏天……
我总是固执地认为,
只有这样,
我枯燥的生活才可以泛起一点点光亮。

简单

过活

Part
02

—

150

年纪越大,

越觉得把生活过得简单

是一件难能可贵的事。

回家的路上买到了好吃的东西,

楼下的阿姨帮忙处理了

早上没来得及扔的垃圾,

想买的衣服没有断货,

想去的地方可以随时开车去……

这都是些鸡毛蒜皮的小事,

但也是通往快乐星球的秘密通道。

两个夏天

楼下开了凉水铺之后,

我就更期待八月了。

累了一天后回家,

去铺子里点一碗糖水,

坐到外面露天的餐桌上,

再到旁边的小店买一份烤冷面。

傍晚的风清凉惬意,

小区里的小野猫蜷在我的脚下,

它一口冷面我一口糖水,

肚子里咕噜咕噜,

装了 两个夏天。

心 动

忽然有一天,

我记起来我很久没有坐过公交了。

特别是天气晴朗的下午四五点钟,

阳光从车头的玻璃和车窗外照进来,

身体摇摇晃晃,

风从缝隙中钻进来,

心也跟着慢慢悠悠。

偶尔路过一所学校门口,

上来一群十六七岁的少年,

穿着校服,

叽叽喳喳聊着体育课。

我夹在他们中间,

即使作为旁观者,

也依然因为

眼前的场景和这样明媚的日子

而心动不已。

热爱

Part 02

想象一下,

初夏,傍晚,微风,

风从海岸边吹过来,

凉的,

你赤着脚,

手里拎着刚从冰箱里拿出来的一罐汽水。

太阳工作了一天准备潜进大海里休息,

晚霞周围零星散落着几束光亮,

它们中一束打在波光粼粼的水面,

另外一些映在你的脸上。

人因为热爱生活而容易被治愈,

但我并非热爱生活,

而是

热 爱 你。

年纪越大,

越是对那种轰轰烈烈的爱情不以为然。

不喜欢做拿着吉他、摆满鲜花,

去告白这种事情,

也不喜欢受了伤就醉得一塌糊涂,

惹得满身狼狈。

我反而更向往那种鸡毛蒜皮、

柴米油盐的爱情——

深夜起来为她下一碗鸡蛋面,

闲暇时和她一起去海边看书,

一起养一只猫,

伴着厨房的开水咕噜咕噜冒着泡

在落日余晖中等她回家。

之前在网上看到过一个小故事：

一对情侣吵架，

女孩生气甩包走了，

冲出去不远就停下脚步，

走几步就回头看，

那男孩也不着急，

捡起包在后面慢慢走。

路过一个煎饼摊，

男孩停了下来，

对着女孩大声喊："你要加几个鸡蛋？"

不远处回答："俩。"

"是谁来自山川湖海，

却囿于昼夜、厨房与爱。"

我希望，那是我和你。

Part 02

160

Little Planet

161

概率

Little Planet

即便隔了很久,

我也依旧对曾经参加过的一场婚礼上,

新郎对新娘说的话心生感动。

他说:"你看,人潮这么拥挤,可我们还是相遇了。"

在这个时空,

两个陌生人相遇的概率是 0.00487,

而相爱的概率是 0.000049。

所以,相爱是人类社会中最小概率的事件。

有人能穿过茫茫人海来爱你,

这本身就是一件超级幸运、要谢上一千万遍的事情。

争吵

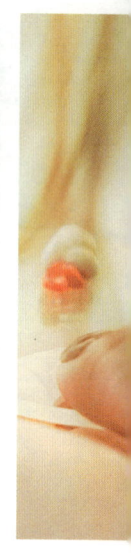

类似的话题我说过很多次:

真正的爱就是在争吵时浮现的。

很多女孩是容易口是心非的生物,

上一秒假装镇定地说

"我要重新开始了,我们再见吧",

下一秒背过身可能眼泪就止不住。

所以大多数男生在这个时候问出

"我们还能不能继续"之类的问题,

我基本都是同样的回答:

"只要你想,你们就能。"

任何歇斯底里和面红耳赤

都不过是自尊和坏情绪对爱的武装,

而能够让敌军投降,

让真爱浮现出来的有效武器,

也不过是热乎乎的面、

暖和的手掌和真诚用力的拥抱。

唯一的差别只在于:

你明明站在光里,

是否愿意乐在其中。

委屈

有一天散步回家，

在街尾看见一个喂流浪猫的小姑娘，

她穿着正装，手里拿着简历。

我太清楚她刚刚经历过什么了。

生病？疫情？

可大家都不好过，

看她的表情也可能是刚刚结束的面试不是很顺利。

我回家必须要经过一段很泥泞的路，

因为泥泞，

路两边长了很多草。

因为长草，

路过这里的人很少有谁

会把目光放在那些没有人收养、常年蜷缩在这里的小东西身上。

但她好像与它们相熟，

手里随意地放着一团团面包屑，

自顾自地说着一些漫无边际的话，

胳膊上是一只花白相间的猫，

脚下是一只黑色的"团绒"。

周围吵吵闹闹，

城市的灯光照不进她身边的草丛，

希望世界温柔，

有些很好很好的人不应该受委屈。

Part 02

底气

晴朗的下午,天气忽然变阴,

因为总会有人在下班时间准时来接,

即使雨下得再大也不会担心。

催泪的剧有人陪着一起看,

难吃的食物有人愿意一起吃,

快乐和难过都有人一起分享。

因为不是一个人过,

日子好像也没有那么难熬。
被爱就是容易让人有恃无恐生出无限底气。

即使吵架,
你只穿了拖鞋和睡衣出门,
身上也只有十块钱,
但是看到路边有人
卖你喜欢吃的山药糖葫芦,
你还是会毫不犹豫地把钱用光。
因为你知道一定会有人来,

Little Planet

而你边吃边等,

根本不用考虑很多。

被爱永远是治愈悲伤最有效的方式,

所以

我永远希冀,

永远虔诚,

一遍又一遍,

千千万万遍。

Part 02

Little
Planet

—

175

Part 02

Little Planet

177

Part 02

Little
Planet

—

179

第 三 辑

Part 03

爱你，

如与星辰同轨

Part 03

—

182

出摊日记一

和许多摆地摊的地摊主一样,我也是选了好久才最后选到了这里——街角尾,背靠一棵大的梧桐树,人不多,安静,没人光顾的时候我可以看看书。

不过太偏僻了也不好,余华先生的《活着》我读了快一章,才迎来我面前的这两位小客人。

十八九岁的模样,手里捧着书,应该是附近哪个学校的学生。

女孩子对我整理的花很感兴趣,她在一边挑,男孩子在一边问:"老板,哪种花可以象征永恒的爱情啊?"他这个年纪独有的少年气和因为害羞故意放低的声音让周围的空气都变成浪漫的粉色。

"千日草,她手里拿着的那束,寓意是爱你千千日。"

夏日的天黑得晚,傍晚的光打在女孩子的脸上,两个人肩并肩站着,男孩子一边付钱一边小声和女生说:"对不起啊,等我长大些,你过生日的时候我再送你大捧的玫瑰!"

"好啊,不过我不喜欢玫瑰,我就喜欢这个……爱你千千日。"

我的花有保质期,不过少年啊,希望你们的爱没有。

Little
Planet

—

出摊日记二

原本该每天都更新的,前天淋了些雨,昨天还有些感冒,日记就暂且搁置了。

上海的七月特别不招人喜欢,梅雨季让房间湿答答的,衣服上的味道也不好闻,还总在不合时宜的时间忽然下一阵雨。

不过还好,我东西摆得不多,几枝花、几本书、一个美式水杯、一个二维码的牌子,就再没了,所以总归还是能"抢救"些东西回来。

只是可惜了那几朵没来得及打包的花,孤零零地散落在地上。

下雨天，急促匆忙的人多了不少，他们从我面前经过，因为赶路注意不到这些可怜鬼，有的甚至还踩上几脚。直到天快要放晴，有个穿白色长裙、袜子上有一朵雏菊图案的女孩子出现，它们才被拯救，算是有了个好归宿。

这个世界其实不算好也不算坏，就像你觉得没人会爱你了，但是忽然某一天，出现一个人，眼睛笑成月牙儿，撑着伞过来问你：

"你好啊，这是你的花吗？"

然后，她会捡起七零八落的你，让你觉得来日可期。

碎碎念念

Part 03

叶夏,我这里入秋了,天气忽然变冷,大街上的人们已经穿卫衣和长袖了。

上次给你说过的那个地方,最近流浪猫变少了,也不知道是降温还是其他的缘故,我打算周末再过去看看,看是不是要给它们换个吃食。

之前我总过去买糖炒栗子的那里,大叔说烤红薯的阿姨过不久也要来支摊了,我总觉得他们俩之间有些不同于常人的爱意,浓烈而含蓄,温良又长久。

叶夏,你在手机里输入过"sui sui nian nian"这十四个字母吗?我最近很喜欢这个拼写的组合,

Little Planet

"碎碎念念""岁岁年年",这两个词可以如此相近,那是不是我平日里总跟你说的这些鸡毛蒜皮的小事,它们因此都有了根据?

叶夏,你一定很奇怪吧,上面这些字里面关于想念的词语一个都没有,为什么我要把这封信这样取名,就让我卖个关子,等冬天和你见面的时候再告诉你吧。

当然,以你的聪明才智也许已经知道了。

知道了也不要说,小心那些个羞答答的小家伙们一股脑全都跑了出来,是要震聋你耳朵的。

四季

有一次我们因为一些事情争吵了几句。

春天，樱花开得很好，可是我们都无心欣赏，她赌气在前走，我生气在后跟着。路过一条樱花落了一地的街道，她突然停下来，从地上拾了一朵过来给我，说："喏，送你。"

我被她突然的举动弄得一愣，说："啊？"

她字正腔圆地重复："送给你，这枚樱花。"

我接过来，放进口袋里。她扭头朝前走，我继续在后面跟着，突然感觉什么东西撞进了怀里。她把耳朵缓缓贴近我的心脏，小声问我："樱花，美吗？"

"美，但是不及你。"

春天过去就是初夏了,有一天她说她想去海边。她在微信里发:好可惜哦,想和你去海边吹吹风,去数星星,去喝汽水的。

我从网上买了投影仪,往冰箱里囤了几罐汽水,周末的时候借了房东的楼顶,约她过来。她那晚穿了条白裙子,我说:"对不起啊,今晚的星星好像不怎么耀眼。"

她靠在我肩上,说:"没关系,最美的星星,我刚才在你的眼睛里已经见过了。"

我们住的地方附近有一家不大的书店,书店坐落的地方有两棵长得很大的枫树,她和我都是安静的性子,喜欢在秋天看落叶。有时候我打趣她:"要是换作旁的女孩,定是喜欢粉嫩的春天,只有你,爱这满目枯黄的秋天。"

她被我逗得咯咯乐,歪着头冲我笑笑说:"我哪里是爱这落叶,不过是爱与我同坐在这儿看落叶的先生你。"

真巧,我也是。

冬天是她最不喜欢的季节。她微胖,不多穿冷,穿多了又觉得像熊,所以总是跟我抱怨:"为什么要有冬天啊,不过冬天不行吗?"

但是她又屈服于烤红薯和火锅。

外面雪白,热闹正欢,我和她面对面坐着,周围人间烟火。大叔的烤红薯摊子在马路对面,我们折过去,两分钟就能来回。有时候她去买,我在马路对面等她,她一蹦一跳地举着烤好的红薯从我对面跑来,像是为我捧来了四季。

Part 03

196

八百

(一)

捡到八百那天,上海急急忙忙下了一天的雨,傍晚才有慢下来的意思。

我下班回家,在地铁站发现它的时候,它蜷缩在栏杆下面,一身的水,瘦骨嶙峋,看样子估摸三四个月大。我上楼梯,它刚好伸出头看我,一副楚楚可怜的模样。我走向它,它立起身子往后退,下过雨的土是湿滑的,它一个跟跄,绊倒了。我怕再吓到它,蹲下不再走,它在原地望了我好一阵子,确定我对它没有恶意才慢慢往回走。

它一走我才发现它脚上有伤,还滴着血,走路都走不直,眼里也不知道挂着的是雨还是眼泪。

(二)

我带它从宠物医院回家时已经快十点了,怕妻子生气,走到楼下的时候我给她打电话,把事情的经过说给她听,她让我先回家再说。

到家时,妻子正在沙发上看电视,听见开门声便过来接我,见到我怀里的八百就打招呼:"你好啊,小家伙!"说完就从我怀里接过去。妻子叮嘱让我先去吃饭。我吃完饭出来,妻子一脸无奈:"它好像尿了……"

于是家里第一次有了陌生的味道,一只狗的味道。

（三）

家里没有笼子，只能用纸箱给它简单收拾住的地方，收拾的时候妻子跟八百说："听说你花了我好几支口红是不是？"

我扑哧一笑："哪有好几支，八百而已。"

"啊，是吗？那就叫它八百了，八百八百，爸爸爸爸，怎么想都觉得这么叫你便宜你似的。"

（四）

我跟妻子说，八百在宠物医院包扎时，因为紧张，一哆嗦就尿了医生一身，她乐得咯咯笑。

"你可别尿我一身啊，要尿尿他(指我)。"妻子说这话的时候，八百只是眨巴着眼睛盯着她，不动也不吭声。

我洗完澡出来，妻子蹲在八百的窝前，问我：

"你说,它是不是只哑巴狗,我跟它说了这么半天话,它都没个反应。"

我走过去,它正跟妻子小眼瞪大眼,妻子在喂它吃食,我注意到妻子把毛衣拿来给它垫了窝,于是打趣八百:"还不赶紧认人,小心妈妈要把你扔掉了!"妻子瞥我一眼:"把你也扔掉!"

(五)

喂完它我们回屋,临睡前妻子又折回去开了客厅灯,我忍不住说:"我以为你不喜欢猫狗。"

妻子说:"那是见到八百以前的事了。"

(六)

八百的脚伤彻底好了以后,妻子就开始教它上厕所,宠物尿片也成箱成箱地往家里买。

教了四天，没成效，八百还是到处尿、随处拉，还尤其喜欢钻进沙发里。妻子气急败坏，跟我诉苦："它再学不会我就把它扔了去！"

第二天，我加班完回家，家里散着满地的宠物零食和毛线玩具，妻子坐在客厅地板上。

"八百啊，你尿尿去厕所里尿我就带你下楼玩好不好？"

"八百啊，你学会上厕所的话我给你买玩具好不好？"

"八百！你再随处大小便我就把你扔掉你信不信！"

我问她这是在干吗，妻子说："恩威并施啊，××教的。"

"嗯……恩我是看见了，威……我……"

(七)

八百来了之后,我跟妻子就很少再加班了,到了下班时间就想早点回去带它玩。

一个月下来,我跟妻子理账,发现少挣了好多钱,于是我提议以后我还是晚点回家,多挣点加班费,还能给八百换个贵点儿的狗粮。加了两天到了第三天下班时间,妻子给我发微信说八百不肯吃晚饭,要我赶紧回家。

我到家的时候妻子和八百躺在沙发上看电视,我把八百抱过来,发现它肚子鼓得像个气球。好几周之后我才知道,是因为那天热搜里有个话题,说到程序员加班猝死,妻子一紧张就编了个理由骗我回家。

Little
Planet

–

203

Part
03

—

204

鸡蛋面

加班的时候,同事的手机总是不安稳。八点不到的样子,一定会接到他女朋友的电话,因为不高兴他加班又要晚回家,告诉他今晚下的还是鸡蛋面,问要不要给他留一碗。尽管前晚也吃,昨晚也吃,他还是一本正经地对着手机说"吃啊吃啊",像没吃过一样。

挂掉电话后我问他:"又是鸡蛋面,难道你吃不腻吗?"

他低头笑笑,说她上班本来就辛苦还要担心他,心疼他每天敲代码眼睛累,买了超多鸡蛋在家里,要是不吃完,鸡蛋坏掉了,她会生气。

"她生气可难哄了。"

他问我什么样的钻戒女孩子会比较喜欢的时候,说实话我有点被吓到,这大老粗总算开窍一回知道要哄女孩子了?我问他是不是要求婚,他说嗯,想给她个家了。于是我们俩明面上说是加班,实则在网上查了一晚上钻戒的各种牌子和款式。第二天上午他没来上班,中午来的时候悄悄告诉我买好了,说等这段时间忙完就带她去洱海,叮嘱我要保密,别破坏了他准备的惊喜。

发工资那天,他邀我去家里吃饭,每个月发工资的时候,他们一定要做一桌丰盛的晚餐犒劳自己。因为离得很近,偶尔我也会去蹭一蹭。他有烟瘾,但是她不让抽,所以每次过去,到他家之前他都要拉着我在小区门口偷着抽一根,一根烟两三分钟,抽完再把剩下的塞我口袋里,让我第二天带回办公室放他抽屉里。我说你就不能老老实实戒一戒吗,上次才吵过架忘记了?他说不能,说自己就这么点爱好，叫我千万别说漏了嘴。

一般我们到他家的时候，她都已经在做菜了。换了鞋一安排我坐下，他就会立马钻进厨房，帮她择菜，给她倒水，问她这个月有没有想买的东西。她的红烧鱼和可乐鸡翅做得尤其好吃，所以饭桌上我时常会打趣他："是鱼、鸡翅好吃，还是鸡蛋面好吃？"每每说到这儿，他就踢我一脚，踢完眼睛又立马朝着女朋友眯起来："都好吃，都好吃，你做的都好吃！"呵，一个大男人像个小猫咪似的。

每次我要走的时候，他们都会拿饭盒给我打包，说反正他们也吃不完，让我帮着消灭一点。有时候他们需要扔垃圾，会顺便送我出小区。

送完我后他们回家，四五月份的天，晚上八九点的风来得尤其舒服，他们牵着手在柔和的灯光里走着，背影像极了家里的哥哥和嫂子。

我妈总说异乡他土的，遇到这样的人不容易，嘱咐我一定要记得感恩，一定要回报人家。我嘴上虽然一直都答应着，可是直到最后，也没能来得及。

接到噩耗是在他感觉身体不舒服回家治疗的次月，他家人替他提交离职，审批单到了组里，组长打电话去问才知道人已经没了。那是种急性病，来得急，说没就没了。

葬礼那天，我们请假过去。一米八多的人，就那样一动也不动地被围在花圈挽联里，睡着了一样。

葬礼回来的第二天，他女朋友来帮他收拾办公室的遗物，问我最右边柜子底层是不是他的抽屉。我说是，她怯生生地打开。看到盒子里为了给她惊喜藏起来的戒指，她泣不成声，一个人呆坐着哭了好久好久才离开。

之后，她搬了家，搬家的时候我去帮忙。屋子里大多数他的东西，她都已经帮他寄给了他父母，只带了一些他们的合照和他用过的生活用品去了新家。临走的时候，我说你要节哀，需要帮忙就打电话。她说她知道，告诉我要改一改工作时候的臭脾气，别总像个小孩子。

再后来的很长一段时间里,我都习惯在他家小区门口抽完一支烟再回家,因为很想告诉他,她已经搬了新家,别再找这里了;想告诉他,她过得很好,现在认识了新邻居,还升了职;想告诉他,她戴着你送的戒指,上一周去了洱海,她说她代替你去过了,叫你安心。

身体里的另一个我

我一直怀疑,我的身体里还住着另外一个人。

不然我实在无法解释,为什么我会突然喜欢上吃榴梿,养成了随处扔衣服、不爱收拾房间的臭毛病。

主治医生告诉我,经历过大病再起死回生的人,出现一些与之前不一样的生活习惯也是有的,医学上常把这种现象归类为手术后的副作用。

因为这些难搞的"不速之客",我不知死掉了多少脑细胞。家里的床单、地毯、茶几、沙发等,都要从粉红换成灰白,那么贵的榴梿、车厘子,我一买就要好几箱。我常常在想,住在里面的,难道还是个男孩?

这些生活上的鸡毛蒜皮倒也不至于很让人捉襟见肘,最要命的是,我现在无法开车!上班、买菜、赴约等，都要赶地铁。为此我特意拉着爸爸坐在我的副驾驶上，带我在偏僻的道路上练了好几回，但是握上方向盘就使不上力，搞得好像住在医院的那半年，那些红烧排骨、大骨炖汤、泡椒凤爪我都白吃了一样。

所幸只是生活习惯不一样，性格没有怎么变。在我无数次标榜我还是那个不服输、爱较劲、痞里痞气、驾驶技术超绝的美少女后，还是有人禁不住我的威逼和利诱，乖乖臣服了。

我记得那是个午后，秋冬季节街道上本就人少，再加上早上刚下过雨，道路一览无余。我穿着风衣，像个雄赳赳气昂昂要上战场的"战斗"鸡。虽然斗志挺高，但当林依依问出那句"韩楚楚，你行的吧？你确定你行的吧？"的时候，我还是略微胆怯了一下："应该……没问题的吧？"

所以说，有时候该坚定还是要坚定一点，这样上帝在选择他要眷顾的人的时候，兴许还会投你一票。

再一次从医院醒过来的时候,林依依用她那快要吃人的眼神告诉我我又闯祸了,那是她刚提一个月的新车,别说五个帅哥的微信了,这下五十个都不一定能和解了。

我爸妈听说我醒了赶过来的时候,我正在用些假眼泪博取林依依的同情,毕竟她刀子嘴豆腐心,这么些年我还是有些胜算的。

可是我妈以为我真哭了,甚至以为我想起什么了。当然,这些事情都是我以后才知道的,包括她那句"不是每一次都有人能用他的命换回你的命",我也是后来才知道,她是情急之下一时口快说出来的。她、我爸爸、我的主治医师、我朋友,包括林依依,所有人，他们原本都是打算把你的事情瞒我一辈子的。

包括你爱吃榴梿，我爱吃车厘子，你去买榴梿的时候我总是缠着你给我带回一盒车厘子；包括桌子上本应该出现的你送我的小熊和我们的合照；包括那个原本灰白色调的你的家，我搬过去后就成了粉红色调的我们的家。

这次出院出得很快，原本也不是什么大事。出了院，我就去接回了啾啾，啾啾还是你给它起的名字，因为它不像别的猫喵喵叫。我住院的那半年，它没人照顾，爸妈就把它托付给了依依，依依是个很称职的新妈妈，把它从一小团照顾到现在重得我都抱不动了。听说它还有过孩子，小猫咪们刚出生，依依就都送给了你的家人。

它刚被我抱回家的那段时间，很不适应我那里，每天在房间里来回踱着步，就是不肯躺下来或占个自己的窝。实在没有办法，依依跟我说："要不还是先放在我那里吧。"

它在去依依家借宿之前，都是你照顾的，也难怪和我不亲。

妈妈说，家里还有一些你留给我的东西，我前几天好好整理了。

有时候想想啊，你真的是个傻瓜，我对口红和花从来都没有什么很大的兴趣，那些不过是我想要你关心关心我、心疼心疼我而找出来的理由，你这个笨蛋居然还把这一条也记在了日记本里。

最近，我脑袋里总有一个念头，就是如果你这个笨蛋，当初没那么爱我就好了。

楼下那家冰淇淋店现在又营业了，就在我们车祸后的第二个月。要是你没有那么爱我，你只要拒绝我，十分钟的车程就能买到同样的；要是你没有那么爱我，你现在还是那个只穿件白衬衫也很青春帅气的少年，我们还能在一起，还能买两份冰淇淋一起换着吃。

现在他们再上架一些新的口味，我只能一个人吃两份了。你知道的啊，吃两份很容易胖！很讨厌的！

Part 03

—

218

Little
Planet

–

219

Part 03

灵兽

我入凡尘历劫时,师父曾赠予我一只灵兽。他说情劫难历,恐我遇上。那一世,我是个说书先生,并不知道这些。

只知爹娘离世后,留与我一只小兽。那小兽四角双翎,以光亮为食。起初,它还只是巴掌大小时,仅食萤虫星点之光,到我及冠之年,它开始追逐烛光火亮。那时,我便不断听人说,城里时常有人家无法点亮烛火,点亮即灭,再点再灭。此后,我不再对它如此放任了。

过些时日便是城里的灯火节,那是一年里最热闹的日子,若随了它的性子,它定会搅得满城风雨。

我决定和它谈谈。我问它:"灯火节那些时日

你能否乖乖待在家中?"它冲我点头,说它可以。

临走前,我告诉它:"我明日便放你。"其实我从没有想过要骗它,我只答应说一日的书,想第二日便松开它,之后由我看护着便是。

但是她太美了,她站在看台下听我说书,那张脸庞是那样好看,我原以为那日城里的灯光已是世间最为璀璨之物,却不想,仍逊色于她。我说:"你真好看。"

她也回我:"您书说得真好。"

我不能只说这一日。为了弥补对它的愧疚,我多喂了它些烛光:"就一日,我只明日再说一日。"它冲我点头,说好的。

第二日,她的眼神依旧明亮有神,那是我见过最美的眼睛。我说:"你的眼睛真漂亮。"

她也回我:"您书说得真好。"

她邀我一起赏灯,她和我牵手,我们从阑珊处走到烟火地,在最灿烂的地方接吻,她累了我便给她说书,说旁人从未听过的东西。她与旁人不同,她能听出我藏在话里的情绪,她说:"我也爱你,如你爱我那般爱你。"

"我明日还要再说一日。"我点了比以往多出双倍的烛光给它,眼神尽量避开它。它依旧冲我点头,说好的。

但那日她没有再来,她去了别处听书。那是另一处热闹的地方,人们都说,那儿的人生得比我好看,书也说得比我好。

我问她:"是这样吗?"她没有瞒我。见我那天,她说我曾经浑身是光,与城里那些凡尘俗光不同,那是一种七彩绚烂的光,她曾为此深深着迷。但现在,我身上没了。

一定是被那只畜生吃了!

我怒气冲冲回家,将它拖将出来,用绳索捆它,用鞭子打它。

它说它没有,它说它从未见过那样的光。

它一定是在撒谎!

我用模糊的光喂它,逼它吐出所有它曾经食用过的光亮。那其中,没有她说的那种。

它瘫倒在我旁边,虚弱地继续吐着,它说我是被她骗了。

"没有!"可能那道光,只存在过她的眼睛里,是她亲自为我镀上,又亲自把它丢掉。

我将它扶起,用最亮的烛光喂它。

我说你去吧,去城里多待几日,去见一见那种你从未见过的东西。以后若是有谁眼睛里曾经闪过一样的光亮,等它将要暗下去时,你再补些进去吧。

我为卿生

张奶奶过世那一天，照着她生前的叮嘱，来送行的人们人手一枝桂花。那花儿是她早些年移植过来的，栽在院子里。如今，长得亭亭玉立，就要越过屋顶了。

村里有小孩子问："妈妈，我们为什么要带着桂花来？"年轻些的妈妈回答不上来，上了年纪的老人家才知道："她呀，是怕李国生爷爷来的时候，怕他认错了路。"

张卿笙和李国生一开始不是青梅竹马。李国生第一次见张卿笙是在村里的集会上。李国生上蹿下跳经过张卿笙身边时，碰掉了她手里的东西。张卿笙气急败坏，叫他捡起来，李国生不肯捡。

原本李国生只是想说：既然你吼这么大声，那我就比你吼得还大声。却不料话音才落，面前这凶神恶煞的小姑娘转脸便"梨花带雨"。

李国生慌了手脚，平日里被他打掉牙的到处都有，却没见过谁这个模样。

"你……你别哭……"李国生上前，准备哄她。

"你捡不捡！"张卿笙带着哭腔问他。

"捡，我捡便是！"

那日之后，村里调皮捣蛋的小孩子们当中便多了个身影。李国生给他们介绍："这是张卿笙，一个爱哭鬼。"张卿笙追着打他："你才爱哭。"

李国生和张卿笙玩在一起。李国生去树上摘桃，张卿笙便撑了布在树下接着；李国生从树上摔下来扭伤脚，张卿笙便背他回家；李国生去水里捉虾，张卿笙不敢下水，就在岸上等他。

八月里，刚下过雨，正是天气最舒服的时候，他们带着忙碌了一天的"成果"回家。路过一棵桂花树，张卿笙说："这花真好看。"李国生说："没有你好看。"

他从树上摘下一枝，放进张卿笙兜里，说："张卿笙，我一定会把这世上最美的花儿都摘来给你，摘来送给你。"

"好，我等你。"张卿笙回他。

张卿笙愿意等，但张卿笙父母不愿意，他们想要女婿有铁饭碗，以后好给他们养老。所以当李国生上门提亲时，他们就叫他出去。

张卿笙送他至门前，攥着衣角，良久没有开口，李国生安慰她："没关系的，卿笙，你等我，我一定考上。"

李国生搬去县里读书,张卿笙在家里等他。每年到桂花开到最香的时候,张卿笙都找到李国生摘过的那棵,在相同的位置摘下一枝随着信给他寄去,然后告诉他:"国生,今年的花开得一样好看。"

到了第三年,李国生回来了。他说:"卿笙,我终于可以娶你了!"

"我们把日子定在几月份好呢?"李国生问她。

"九月吧……"望着眼前还未开花的树,张卿笙说,"我想你带着花香过来。"

那一年,桂花将要开的季节,暴雨连着下,眼看着村子很快便要被大水吞噬,村里决定抽调干部赴前线协助救援。张卿笙不愿让李国生冒险,说其他人去照样可以,但李国生始终没答应,他比旁人年轻,他说:"卿笙,这是我的责任,是对国家,也是对你。"

张卿笙说:"好,那我等你。"

但这次,张卿笙没有等到李国生。参与救援的人说,接连抢险了七日,他本就体力不支,又请愿去做了人梯,傍晚随了队伍出发,之后便再没回来。和他同行的人只说,人没在急湍的水流里,救不回来。

他们把李国生当作英雄来看,他们说:"对不起啊弟妹,没能保护好他。"张卿笙没有应他们,她呆望着那棵桂花树的方向,隔了好久才挤出来一句话,说:"你们能把那棵桂花树移给我吗?我想第一个看它开花。"

那棵桂花树如今就是她家院子里的这棵,它已经亭亭而立,将要越过屋顶了。

"既然你没有带着花香回来,这次呀,就换我带着花香来迎你吧。"

Little
Planet

—

231

外婆

我外婆——那个要强了一生的小老太太,前些日子去世了。

她被装在窄窄的灵柩里,我到家时,子女们跪在她身边,她一动也不动。

我在妈妈身边的空隙跪下,让她靠近我胸膛,她被我攥在掌心的手从冰凉到焐热,又因为抽泣再度暴露在低温里。

来悼唁的人们都劝妈妈别哭,说这对小老太太来说,也算是件好事情。

可是为什么呢?我上次见她,她还说想等来年天气暖和些了,就移一移院子里的桂花树,再在它旁边支起个架子,下面撒上西瓜籽,这样的话,到时候满院子都是香香的。

现在她都没能等来春天,为什么大家要说,这是好事情呢?

遗体告别的时候,妈妈排在我前面。我在后面望着她:替外婆别好从寿帽里散下来的头发,手掌在她额头轻抚,经过脸上的皱纹再滑落到下巴,继而泣不成声。

我将她扶起,搀她去屋外,在另一间屋子的角落,她见到躲在那里正在偷抹着眼泪的她的老父亲,突然挣脱出去,像个受了欺负的小孩儿,跑去钻进他怀里,嘴里念叨着:"我再也见不到我妈妈了!"

我们总说他们是大人,说他们总是忙活大人们

的事情,忽略了他们也不过是在用故作坚强来承担年龄的重担,他们也会痛,只是他们会忍。

从葬礼上回来,我要走的时候,妈妈要我穿上秋裤,她说天气冷,我该学着照顾自己了。

以往几年,她要我穿我说不穿,她最多白我一眼也就不再多说。但是那天,她执拗不肯放我,硬是看着我换上,她才罢休。

临走的时候我想了想,要不从今年开始我就穿了吧。当下可以做的事,当下不去做的话,以后会不会后悔呢?我最近总在这样想。

上火车的时候,我手机只剩2%的电了,像高铁、动车之类的交通工具,它们的座位底下不都有充电的地方吗?但碰巧的是,我那一班没有。你看,人生还真是处处都有意外。

可有趣的是,那2%的电竟然支撑了我三个多小时的旅程,再加上十几分钟的公交,又加上几分钟的地铁,直到我后来来到一家便利店才将电续上。有时候,意外它转个身,是能变成惊喜的。

我买汽水离开时，外面又下起了雨，于是又转身买了一把伞。回家后，还是决定将这一切都写下来：

以前啊，我总是觉得，人生那么长，有什么不能慢慢去做的呢？这次做不了可以下次啊。

"洱海我可以下次再去。""汉服嘛，现在天气凉，我就下次再穿。"……可是现在，我觉得还是不了吧，要是再有想去的地方，我一定安排时间就去；有想吃的东西，我一定下了班就去买；有了想念的人，不管天南地北，我也要立马去见！

人生看起来很长，其实不然。人没了，就什么都没了。

海子说，你来人间一趟，你要看看太阳。和你心爱的人，一起走在街上。

我比较贪心，我来这人间一趟，走完街上，还要带她去我想去的地方。山河再远，也要带她遍历，四时变换，不变的是每个季节我都要和她拥抱。我才不要管意外或惊喜，不管它最终是何种模样，只要你在就好。

Book's Name:

Author:

Date:

Add:

Part 03

—

240

Little
Planet

241

Book's Name:

Author:

Date:

Add:

Part 03

242

Little
Planet

—

243

图书在版编目（CIP）数据

小星球 / 刘文强著. -- 北京：中国友谊出版公司，2023.7
ISBN 978-7-5057-5640-3

Ⅰ.①小… Ⅱ.①刘… Ⅲ.①诗集 – 中国 – 当代 Ⅳ.①I227

中国国家版本馆CIP数据核字（2023）第081895号

书名	小星球
作者	刘文强
出版	中国友谊出版公司
发行	中国友谊出版公司
经销	北京时代华语国际传媒股份有限公司　010-83670231
印刷	北京中科印刷有限公司
规格	787×1092 毫米　32 开 8.25 印张　100 千字
版次	2023 年 7 月第 1 版
印次	2023 年 7 月第 1 次印刷
书号	ISBN 978-7-5057-5640-3
定价	56.00 元
地址	北京市朝阳区西坝河南里 17 号楼
邮编	100028
电话	（010）64678009

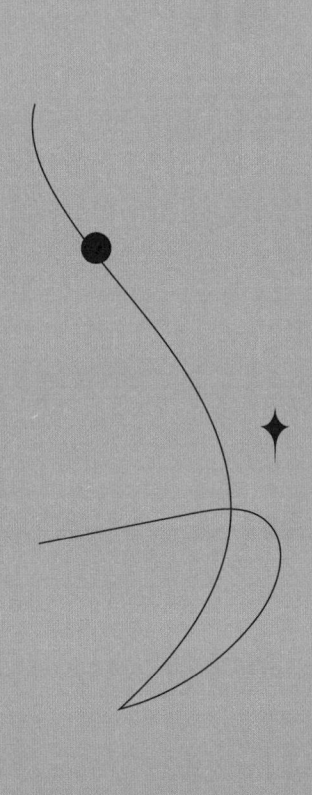